Este libro está dedicado a ti.
Eres mucho más valiente de lo que crees y
más fuerte de lo que imaginas. Atrévete.
A. B. & D. R.

Título original: *Sofia Valdez, Future Prez*

Primera edición: diciembre de 2019

Copyright © 2019, Andrea Beaty
© 2019, David Roberts, por las ilustraciones
Publicado originariamente en lengua inglesa en 2019 por Abrams Books for Young Readers,
un sello de ABRAMS.
Harry N. Abrams, Incorporated, Nueva York
Todos los derechos reservados por Harry N. Abrams, Inc.
© 2019, de la presente edición en castellano:
Penguin Random House Grupo Editorial USA, LLC.
8950 SW 74th Court, Suite 2010
Miami, FL 33156
© 2019, Yanitzia Canetti, por la traducción

Adaptación del diseño original de Pamela Notarantonio: Penguin Random House Grupo Editorial
Las ilustraciones de este libro fueron realizadas con acuarelas, bolígrafos y tinta sobre papel Arches*.
En ocasiones, también se utilizó lápiz y papel cuadriculado.

www.megustaleerenespanol.com

ISBN: 978-1-644731-07-9

Impreso en España / *Printed in Spain*

Penguin
Random House
Grupo Editorial

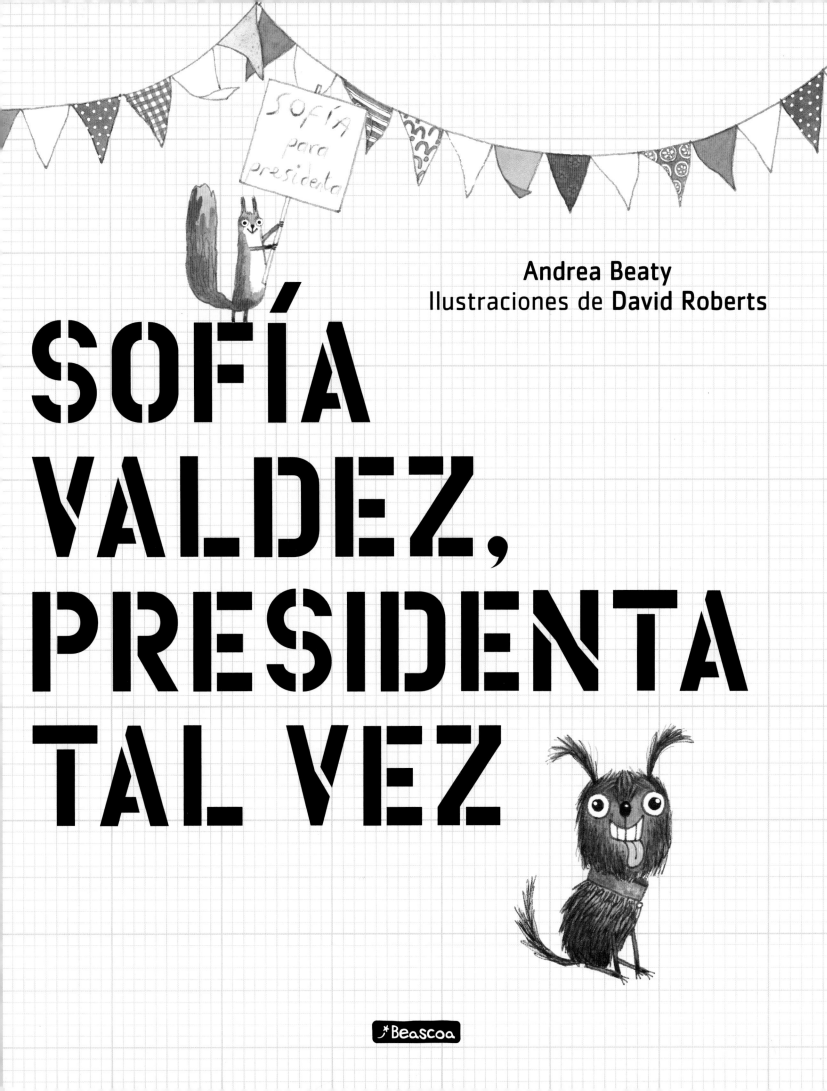

Andrea Beaty
Ilustraciones de **David Roberts**

SOFÍA VALDEZ, PRESIDENTA TAL VEZ

*Beascoa

Cuando Sofía era bebé, a nadie parecía extraño

que ayudara a su familia antes de cumplir un año.

Ella y Abuelo salían cada semana temprano
a recorrer Río Azul, ayudando a los ancianos
que por su cuenta no iban a casi ningún lugar
y se quedaban solitos, recluidos en su hogar.

Recoger hojas, sacar mascotas a pasear

o llegar por golosinas y un rato conversar.

La dulce Sofi Valdez siempre hacía lo necesario

por familiares y amigos, y por todo el vecindario.

Soñadora, luchadora y emprendedora tenaz.

A todos les gusta el bien,

pero a Sofía mucho más.

Abuelo iba con Sofi a su clase cada día.

Por la vía Río Azul, luego a casa ellos volvían.

Comían galletas redondas, el abuelo y la chiquilla...

Menos un horrible martes ¡cuando Papo vio a la ardilla!

Sofía se fue tras él; de agarrarlo ella trataba. Mientras Abuelo gritaba, Papo aullaba y aullaba.

Salió corriendo y aullando por la ciudad sin parar... ¡Por encima! ¡Por debajo! ¡Y alrededor del lugar!

La ardilla corrió a lo alto de una colina especial

hecha con los desperdicios de un vertedero local.

Llegaron justo a la cima de la loma de basura

que, con un estallido, ¡CRASH!, perdió de repente altura.

Luego un golpetazo, ¡PAM!, abajo cayeron todos sobre una gran calabaza mohosa y llena de lodo.

—¡Ay! —gritó Abuelo, que levantarse no podía—.

¡Qué peligro! —dijo luego, de la mano de Sofía.

Sofi caminó a la escuela
por su cuenta al día siguiente.

Pero ir sin el abuelo
se sentía diferente.

—¡Esto no está bien!
—la pequeñita exclamó.

Mirando al Monte Trastero,
una idea se le ocurrió.

A la mañana siguiente, apenas el sol salió,

en el jardín de sus padres, un letrero colocó.

Ella se alejó contenta, Papo ladró alegremente.

Cada uno de los vecinos tenía algo que opinar

de jardines, bancos, fuentes y sitios para jugar.

Un canasto para abejas. Espacios para charlar.

Un estanque de patitos y un sitio de merendar.

En el mapa de ese parque, cada idea ella trazó

y quedó perfectamente cuando la noche llegó.

En su cama rica y suave, ella luego se durmió,

pero ¡PUM!, en su cabeza, una idea la despertó.

El corazón le dio un vuelco cuando logró recordar:

cada vecino había dicho: —¡Avísame al terminar!

Todos pensaron que Sofi podría hacerlo, ¡sin duda!

Mas ¿cómo podría una niña hacer tanto sin ayuda?

El corazón le dolía con aquella idea incierta.

Mientras los truenos rugían, permaneció bien despierta.

Amaneció con tormenta, el cielo sombrío lloró,

y la abrumada Sofía finalmente se durmió.

Abuelo preparó galletas cuando ella se levantó.

Le dio una bolsa llena, y a Papo también convidó.

Él se enjugó una lágrima, abrazando a su Sofía.

—Por tu valor —susurró—. Te amo, mi vida.

A Sofi le temblaban las rodillas sin parar.

Y mirando su tobillo, por poco se echa a llorar.

Aunque no era tan osada ni valiente se sentía,

Sofía Valdez marchó a enfrentarse a la alcaldía.

La oficina del alcalde

la mandó sin dilación

al número 401:

oficina de recreación.

Y esta la envió hacia abajo, al salón 304:

actividades geniales

y de estanques para patos.

A la oficina de monos,

de meriendas y de quejas.

A la división de fuentes,

la de reuniones, la de abejas.

Luego hasta el sótano fue, ¡qué húmedo y frío estaba!,

donde todos los papeles se firmaban y sellaban.

Allí una empleada le dijo lo que tenía que saber:

—¡Eres solo una niñita! ¡Un parque no
puedes hacer!

—¡Ay! —gritó Abuelo, que levantarse no podía—.

¡Qué peligro! —dijo luego, de la mano de Sofía.

Sofi caminó a la escuela
por su cuenta al día siguiente.

Pero ir sin el abuelo
se sentía diferente.

—¡Esto no está bien!
—la pequeñita exclamó.

Mirando al Monte Trastero,
una idea se le ocurrió.

Esas palabras golpearon a Sofi en el corazón.

¡Su plan se había roto antes de entrar en acción!

—Creo que... —dijo Sofía— esa ley está muy mal.

Pero su voz de primaria no sonó fuerte y formal.

La empleada le contestó: —No es una idea oportuna.

¿Tienes alguna pregunta?

Sofía le dijo: —Una.

Si tú fueras yo, y yo fuera tú, y él fuera *tu* abuelo...

Si en mi lugar estuvieras: ¿cómo lo resolverías?

—Bueno... YO... —dijo la empleada.

Mas ella nada decía.

Pensó y pensó por un rato y luego llamar quería

a todos los empleados de aquella buena alcaldía.

Todo el gobierno de Río Azul comenzó a llegar

a la oficina donde Sofi tenía mucho que contar.

Las palabras de la niña en su boca se enredaron.

Su nariz y sus mejillas muy pronto se sonrojaron

cuando miles de emociones su cabecita inundaron.

Su corazón latía muy fuerte, pensó que se rompería.

La multitud se acercó. Y se echó hacia atrás Sofía,

que con su brazo rozó las galletas que traía.

Así fue como Sofía supo por primera vez:

ser valiente significa hacer lo que es tu deber,

aunque tema el corazón

y en segundo grado estés.

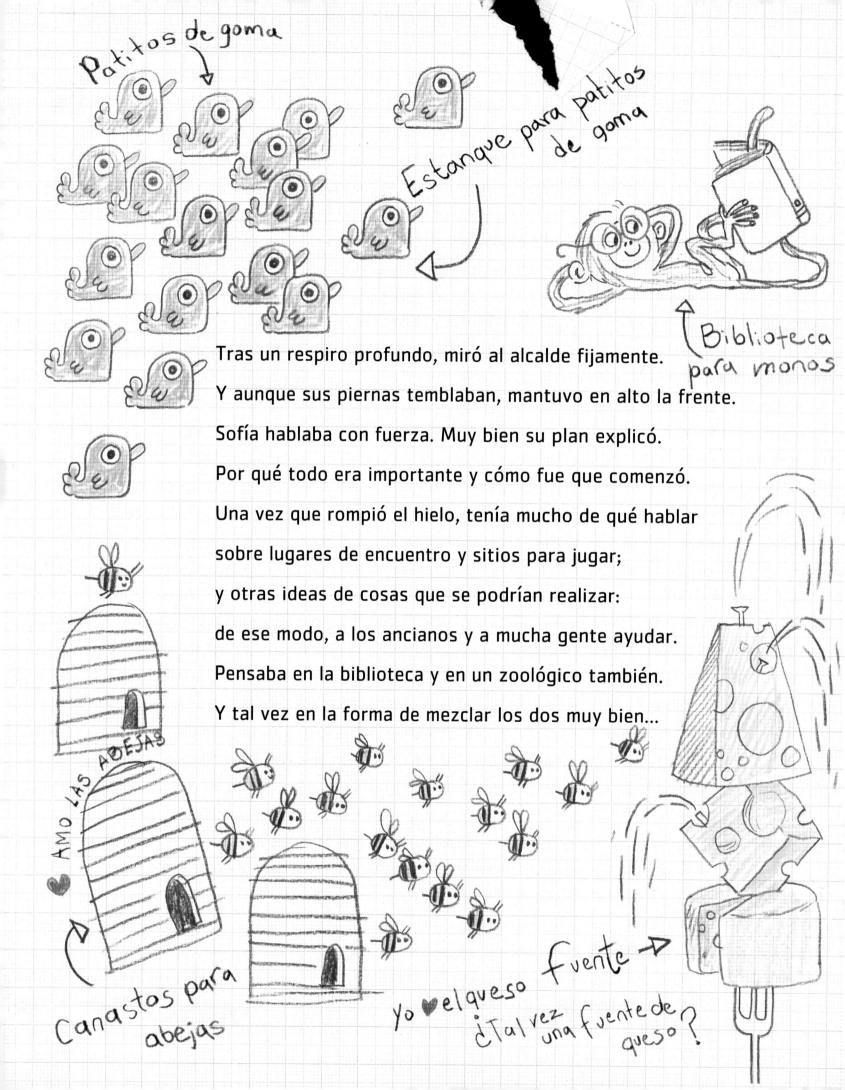

Patitos de goma

Estanque para patitos de goma

Biblioteca para monos

Tras un respiro profundo, miró al alcalde fijamente.

Y aunque sus piernas temblaban, mantuvo en alto la frente.

Sofía hablaba con fuerza. Muy bien su plan explicó.

Por qué todo era importante y cómo fue que comenzó.

Una vez que rompió el hielo, tenía mucho de qué hablar

sobre lugares de encuentro y sitios para jugar;

y otras ideas de cosas que se podrían realizar:

de ese modo, a los ancianos y a mucha gente ayudar.

Pensaba en la biblioteca y en un zoológico también.

Y tal vez en la forma de mezclar los dos muy bien...

AMO LAS ABEJAS

Canastos para abejas

yo ♥ el queso

fuente →

¿Tal vez una fuente de queso?

—¡DE ACUERDO! —exclamó el alcalde—. Inicia una petición.

Si la ciudad quiere un parque, ¡crearemos la comisión!

Y así, la joven Sofía, trabajó muy ilusionada

con la ayuda de su familia, de Papo, ¡y de la empleada!

Y algunos más se sumaron. No todos, eran contados,

como la maestra Eva y los niños de su grado.

Hubo audiencias, encuestas e impuestos por calcular,

además de buldóceres, grúas y excavadoras sin par.

Entre todos se hizo el parque, porque así es como funciona:

con un gran esfuerzo DE, POR y PARA las personas.

Con el sueño de una niña, de una sola, comenzó.

Esa que ató sus zapatos y luego un camino abrió,

y un nuevo lugar de juego en Río Azul consiguió.

Desde entonces, cada tarde, hasta casi el día siguiente,

las personas se reúnen en el Parque de la Gente.

Sostienen una verdad que por sí se sustenta:

Sofía Valdez un día llegará a ser presidenta.

Hasta entonces, la pequeña, la emprendedora tenaz

Bienvenidos

ayuda a Río Azul

a mejorar

más

y más.

NOTA DE LA AUTORA

Sofía Valdez no está inspirada en una sola persona, sino en muchas. Algunas bajitas. Algunas altas. Algunas jóvenes. Algunas ancianas. Gente de todas partes del mundo. Niñas. Niños. Mujeres. Hombres. Gente que vio un problema e hizo algo para solucionarlo. Incluso cuando era difícil. Incluso cuando daba miedo. Algunos son famosos, muchos no lo son. Todos dieron un pequeño paso y luego otro, y otro más, y así inspiraron a los demás. Con su valentía y esfuerzo, cambiaron el mundo.

OTROS LIBROS EN ESTA COLECCIÓN

ADA MAGNÍFICA, CIENTÍFICA

Ada Magnífica tiene la cabeza llena de preguntas. Como sus compañeros de clase Pedro y Rosa, Ada siempre ha sentido una curiosidad insaciable. Pero cuando lleva demasiado lejos sus exploraciones y sus complicados experimentos científicos, sus padres se hartan y la mandan al rincón de pensar.

¿TANTO PENSAR LA HARÁ CAMBIAR DE OPINIÓN?

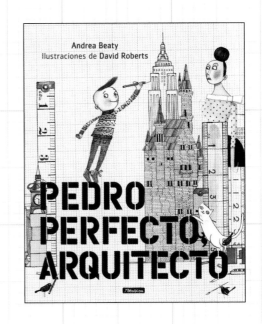

PEDRO PERFECTO, ARQUITECTO

Pedro es un constructor nato. Desde los dos años, ha levantado torres con sus pañales, iglesias con las frutas y esfinges en el jardín de su casa. Lástima que algunas personas no valoren su talento. Hasta que un día, las cosas se complican durante una salida escolar.

¿LOGRARÁ PEDRO DEMOSTRAR LA IMPORTANCIA DE UNA GRAN CONSTRUCCIÓN?

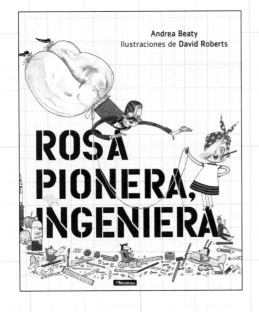

ROSA PIONERA, INGENIERA

Rosa sueña con ser una gran ingeniera. Donde los demás ven basura, ella ve tesoros que le servirán para crear nuevos artefactos. Pero por miedo al fracaso, esconde sus inventos debajo de la cama.

¿PODRÁ ROSA DEJAR ATRÁS SUS MIEDOS Y REÍRSE DE SUS ERRORES?

UNA COLECCIÓN QUE CELEBRA LA CREATIVIDAD, LA PERSEVERANCIA Y LA CURIOSIDAD CIENTÍFICA.

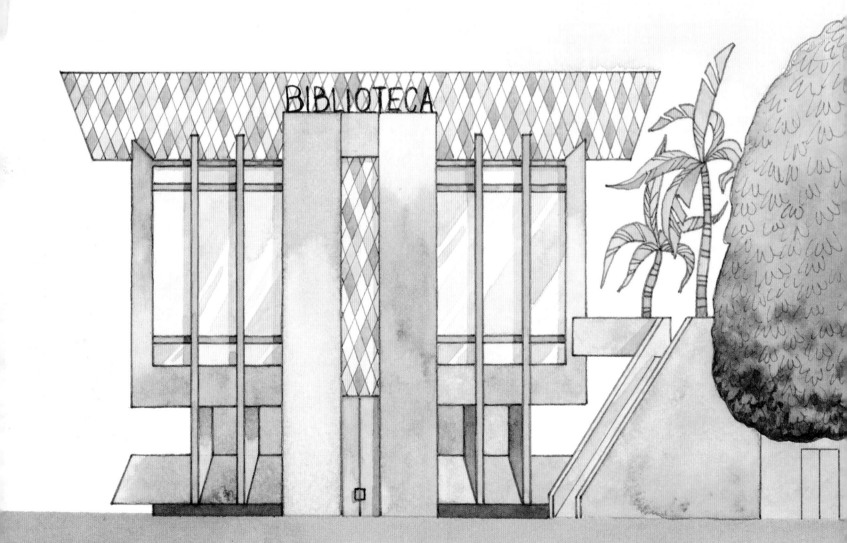